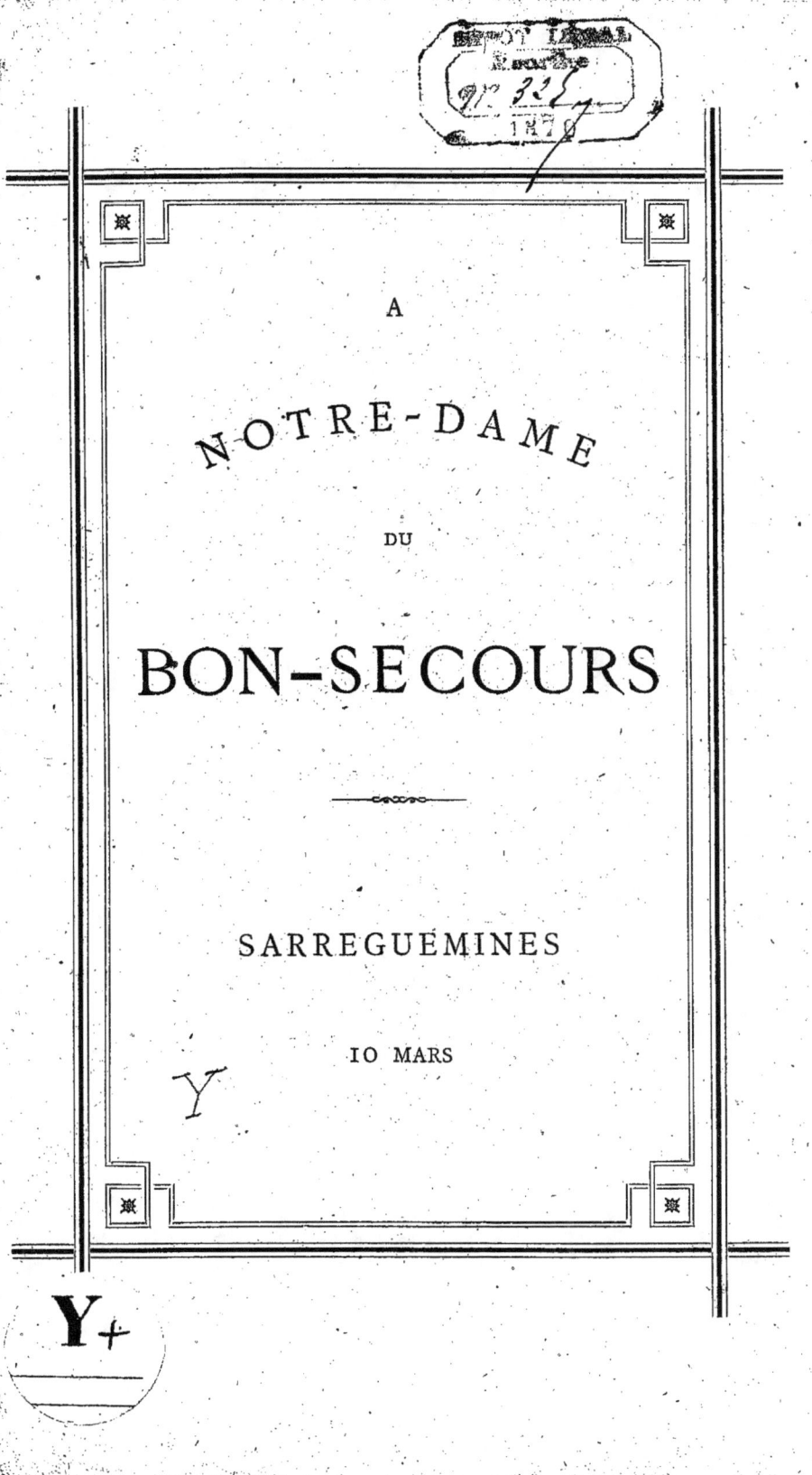

A

NOTRE-DAME

DU

BON-SECOURS

SARREGUEMINES

10 MARS

A MES ENFANTS

ADIEUX A MA MÈRE.

10 Mars 1877.

De votre béni sanctuaire
Me voici déjà de retour...
Il a fallu quitter ma mère,
Achever mon humble prière,
Et voir finir si tôt ce jour.

Ce jour n'est plus dans ma pensée,
Que comme un beau rêve d'amour,
Une félicité passée,
Qui laisse mon âme pressée
Gémir et chanter tour à tour.

J'étais heureux, Mère si tendre,
De vous contempler à genoux...
Mon cœur ne pouvait plus attendre,
Car il désirait vous entendre,
Et voir votre regard si doux...

Je sentais, en votre présence,
Couler des larmes de mes yeux,
Et mon cœur, rempli d'espérance,
Ne ressentait plus de souffrance,
Sous ce divin regard des cieux...

J'étais dans une douce ivresse,
Immobile dans mon bonheur...
Votre maternelle tendresse,
Par une ineffable caresse,
M'attirait tout près de son cœur...

O saints moments ! bonheur suprême,
Amour, transports délicieux !...
Combien mon trouble était extrême,
Si près de vous, Mère que j'aime !...
Je n'étais plus.... J'étais aux cieux....

Céleste et gracieux visage,
Vous restez gravé dans mon cœur,
Et votre ravissante image,
Que je possède sans partage,
Sera mon éternel bonheur...

Au revoir !... ma Mère chérie,
Notre-Dame du Bon-Secours !...
Bénissez l'enfant qui vous prie,
Pauvre exilé de sa patrie,
Et restez son appui toujours...

Soyez pour toute ma famille,
Mère aux regards resplendissants,
La douce étoile qui scintille,
Et l'astre de la nuit qui brille,
Pour guider ses pas chancelants...

Soyez l'incomparable aurore
Qui répand ses feux radieux,
Et, dans mon cœur qui vous implore,
Que votre amour plus grand encore,
Me donne un avant-goût des cieux...

A MES ENFANTS.

A CATHERINE.

25 Juin 1877.

***

Laissez-la porter sa croix ...

I.

Laissez-la donc porter sa croix,
Et seule monter au calvaire;
Étouffez l'importune voix
Qui gémit du cœur de son père...

II.

A MA MÈRE.

Faut-il laisser abandonnée,
A tous les écueils du chemin,
L'Enfant que vous m'avez donnée,
Sans pouvoir lui tendre la main?...

Faut-il comprimer dans mon âme,
Un tendre et paternel amour,
Éteindre sans pitié la flamme
Qui me fait vivre chaque jour?...

Dites-le-moi, divine Mère,
Mon cœur se trouble par moment,
Et brisé de douleur amère,
Il ne peut quitter son enfant...

Enfant... pour lui pleine de charmes...
Rayon si doux de votre amour,
Ange qui vient sécher ses larmes,
Faut-il te quitter sans retour ?...

Du haut du ciel, Mère chérie,
Inclinez vos regards sur tous...
Et toi, ma petite Marie,
Ne cesse de prier pour nous.

Tu revis en ma Catherine,
Espoir de mon cœur envolé...
Et, par une grâce divine,
Près d'Elle je suis consolé.

Je sens l'amour qui m'environne,
Cette enfant m'aime comme toi,
Enfants!... ma charmante couronne,
Rangez-vous tous autour de moi...

Je sens qu'au ciel et sur la terre
Un même lien nous unit,
L'amour divin... profond mystère,
Où tout commence, où tout finit.

Et si, souvent, dans la souffrance,
L'un de vous doit porter sa croix,
Je ne puis, dans l'indifférence,
Endormir mon cœur et ma voix.

Souffrez, mes bie-naimés, que j'ose
Toujours accompagner vos pas,
Que sur cette croix je repose,
Pour vous étreindre dans mes bras...

Mon Dieu!... Donnez-moi ce courage,
Ne laissez point faiblir mon cœur,
Que la croix me reste en partage...
... A mes enfants, votre bonheur.

A vos pieds, divine Marie,
Je viens déposer ces souhaits,
Veillez sur nous, Mère chérie,
Et comblez-nous de vos bienfaits.

III.

Viens, mon enfant, je suis ta Mère,
Je reçois volontiers tes vœux,
Je comprends ta douleur amère,
Et, dans ton cœur, ce que tu veux.

C'est moi qui porte dans ton âme
Tous ces ineffables désirs,
Le feu brûlant qui les enflamme,
Et qui compte tous tes soupirs.

C'est moi qui par un doux sourire
T'inonde du plus tendre amour,
C'est ma volonté qui t'inspire
Et qui te conduit chaque jour.

Infime et pauvre créature,
J'ai toujours mes regards sur toi,
Je prends ta chétive nature,
Et je l'élève jusqu'à moi.

Je te fais comprendre la vie,
Dans le sacrifice et l'amour...
Et je vois ton âme ravie
Se donner à moi sans retour.

Je te montre de la patrie,
L'aspect des horizons sans fin,
Et tout ton être chante et prie,
Perdu dans un charme divin...

C'est qu'un rayon de l'amour même
Est tombé sur ton pauvre cœur,
Et d'un ravissement suprême,
Il te fait goûter la douceur...

Jouis du bonheur ineffable
De cette éternelle splendeur,
Et que ce bien incomparable
Te donne la paix, la candeur...

Comme l'enfant, dans son jeune âge,
De sa mère cherche la main,
Pour faire son petit voyage,
Et ne pas tomber en chemin ;

Ainsi recherche de ta Mère
L'appui qu'il te faudra toujours,
Implore-la dans ta prière,
Pour qu'elle vienne à ton secours.

Car, après des jours pleins de charmes,
Les douceurs des ravissements,
Il est des jours remplis de larmes,
De longs et douloureux moments...

IV.

Je t'ai donné, dans ma tendresse,
Et par une insigne faveur,
Aux jours de ta grande détresse,
Une enfant bien chère à mon cœur.

Comme une bonne et douce Mère,
Dans un si douloureux moment,
J'accueillais ton humble prière
Avec plus d'attendrissement.

Je voyais ton âme meurtrie
Sourire à l'intime douleur,
Et regarder vers la patrie,
L'ange envolé loin de ton cœur...

Cette enfant que Dieu t'a ravie,
Était à peine à son printemps,
Et pour elle déjà la vie
N'était plus dans les biens du temps.

Car vers l'éternelle lumière,
Son esprit tendait sans effort,
Et, dans sa pureté première,
Il voulait arriver au port.

Voilà ton enfant bien-aimée,
Heureuse au céleste séjour...
Sa belle âme s'est abîmée
Dans le sein même de l'amour...

Mais toi... tu restais sur la terre,
Et dans ton immolation,
J'étais ton espoir salutaire,
Ta douce consolation.

J'étais un rayon d'espérance,
Qui se reflétait dans ta nuit,
Pour consoler, dans sa souffrance,
Ton cœur que mon amour poursuit.

J'étais l'étoile matinale,
Qui scintille du haut des cieux,
Et la lumière virginale,
Qui devait réjouir tes yeux.

Aussi j'écoutais en silence,
Tous les battements de ton cœur.
Tu gémissais en ma présence,
Et je t'inondais de douceur...

Tu pleurais une enfant perdue,
Et, par un miracle d'amour,
Voici que je te l'ai rendue...
Aime et rends grâce tour à tour.

Aime cette enfant, sans contrainte,
Car pour toujours elle est à toi...
Que ton cœur soit exempt de crainte,
En tout, qu'il s'abandonne à moi.

V.

PREMIER JOUR DU MOIS DE MAI.

Tout est allégresse,
Ineffable ivresse...
Non... plus de douleurs...
Car votre tendresse
S'émeut et s'empresse
De sécher nos pleurs.

O bonne Marie,
Mon âme attendrie
Est pleine d'amour.
Elle invoque et prie
Sa Mère chérie
En cet heureux jour.

En ce mois, ma Mère,
Plus de peine amère,
C'est le mois des fleurs...
Et toute la terre,
Ravissant parterre,
Redit vos grandeurs...

Puis, l'oiseau timide,
Sous la feuille humide
Des pleurs du matin;
Le ruisseau limpide,
Au courant rapide,
Vous chantent sans fin...

L'abeille bourdonne,
Aimable Madone,
Ses plus doux refrains;
Elle s'abandonne
A celle qui donne
Des jours plus sereins;

Et, dans la vallée,
A demi voilée
De mille couleurs,
Toute consolée,
Reprend sa volée
Au milieu des fleurs...

Toute la nature,
Toute créature
Rêve à l'infini,
Et sous la verdure,
L'insecte murmure
Votre nom béni...

Que tout cœur honore,
Que tout cœur implore,
La Reine des cieux...
Éclatante aurore,
Souriez encore,
Ravissez nos yeux...

Rayon salutaire,
Inondez la terre
De grâce et d'amour...
A notre prière,
Céleste lumière,
Éclairez ce jour.

Brise parfumée,
Fraîcheur embaumée,
Soufflez dans mon cœur...
Mère bien-aimée,
Mon âme charmée
Attend ce bonheur...

Suave harmonie,
Grave symphonie,
Chants d'amour des cieux,
O Mère bénie,
Douceur infinie !...
Rendez-nous heureux...

NANCY, IMPRIMERIE BERGER-LEVRAULT ET Cie.

NANCY, IMPRIMERIE BERGER-LEVRAULT ET Cie

www.ingramcontent.com/pod-product-compliance
Lightning Source LLC
Chambersburg PA
CBHW061521170626
46811CB00004B/1791